O MEDO E A TERNURA

PEDRO BANDEIRA

4ª edição, revista pelo Autor

© PEDRO BANDEIRA, 2019
1ª edição 1996
2ª edição 2003
3ª edição 2010

COORDENAÇÃO EDITORIAL Maristela Petrili de Almeida Leite
EDIÇÃO DE TEXTO Marília Mendes
COORDENAÇÃO DE EDIÇÃO DE ARTE Camila Florenza
DIAGRAMAÇÃO Cristina Uetake
PROJETO GRÁFICO DE CAPA Rafael Nobre
PROJETO GRÁFICO DE MIOLO Izabela Jordani
COORDENAÇÃO DE REVISÃO Elaine Cristina del Nero
REVISÃO Nair Hitomi Kayo
COORDENAÇÃO DE BUREAU Rubens M. Rodrigues
PRÉ-IMPRESSÃO Rubens M. Rodrigues
COORDENAÇÃO DE PRODUÇÃO INDUSTRIAL Wendell Jim. C. Monteiro
IMPRESSÃO E ACABAMENTO Log&Print Gráfica, Dados Variáveis e Logística S.A.
LOTE 793540
CÓDIGO 12119072

Dados Internacionais de Catalogação na Publicação (CIP)
(Câmara Brasileira do Livro, SP, Brasil)

Bandeira, Pedro
  O medo e a ternura / Pedro Bandeira. – 4. ed. rev. – São Paulo : Moderna, 2019.

ISBN 978-85-16-11907-2

  1. Ficção – Literatura infantojuvenil I. Título.

19-24550   CDD-028.5

Índices para catálogo sistemático:
1. Ficção : Literatura infantojuvenil 028.5
2. Ficção : Literatura juvenil 028.5

Maria Paula C. Riyuzo – Bibliotecária – CRB-8/7639

Editora Moderna Ltda.
Rua Padre Adelino, 758 – Belenzinho
São Paulo – SP – CEP: 03303-904
Central de atendimento: (11)2790-1300
www.modernaliteratura.com.br
Impresso no Brasil
2024

Dedico esse livro
à minha amiga
Cristiane Rodrigues.

6
01. Esmeralda

12
02. No escuro, o desespero

18
03. A igreja na escuridão

24
04. No Vale dos Mortos

30
05. A cela da torre

34
06. Sozinha...

39
07. Começava com um assassinato

44
08. Bicho Preto

50
09. A gárgula

56

10. **O carrasco reza antes de matar**

61

11. **Matar a menina?**

67

12. **Querubim**

73

13. **Um enterro no Vale dos Mortos**

78

14. **Frolô**

83

15. **Morte no capinzal**

01
ESMERALDA

O meio do dia estava nublado, com jeito de esfriar, e as previsões do rádio falavam em "possibilidade de chuvas no fim do período".

Mas havia sol no coração de Esmeralda, enquanto contornava a praça, com a mochila pendurada ao ombro, sorrindo sozinha. Depois da manhã de trabalho na loja, nem se lembrara de vestir o blusão que estava na mochila. Mas nem pensava no frio. Estava feliz demais.

Já comera o lanche que sempre trazia de casa. À noite teria prova de História, e a hora do almoço era um bom intervalo para sentar-se na praça e dar uma olhada na matéria.

As coisas estavam indo bem na loja de flores. Ah, como estavam indo bem!

Atravessou a esquina onde sua vida começara a melhorar, menos de dois meses antes. Sorriu ainda mais abertamente, lembrando-se de que sua vida tomara outro rumo depois de ter sido quase atropelada.

Uma cidade tão grande como aquela, e sua nova vida estava concentrada praticamente naquela praça. O colégio imenso, onde ela jamais teria dinheiro para estudar, erguia-se em frente à vegetação como se fosse uma prefeitura. No outro quarteirão, a loja de flores. *Seu* emprego. Seu primeiro emprego!

E, vizinha à loja de flores, a papelaria onde Greg trabalhava.

Greg! Ah, que rapaz tão bonito, tão inteligente... E tão carinhoso...

Ah, tudo tão novo! Tudo tão perfeito! Como era bom viver!

Essa descoberta tinha pouco menos de dois meses e começara com uma quase tragédia...

Há menos de dois meses, ela procurava um emprego, já com desespero.

Em casa, três irmãos menores.

Na rua, a mãe, trabalhando duro o dia inteiro, mas trazendo para casa sempre menos do que o mínimo necessário para sustentar os cinco.

Longe de casa – e Esmeralda nunca saberia onde –, um pai que abandonara a todos e nunca mais dera notícias.

Já tinha quinze anos e precisava ajudar em casa, mas *só* tinha quinze anos e ninguém parecia disposto a empregar uma menina tão nova, tão inexperiente...

Humilhada pelas recusas, desesperada pela necessidade, sem ter-se alimentado, a menina percorria aquela praça rica, cercada de lojas boas, que negavam trabalho a uma menina de quinze anos, quando a van importada, caríssima, brecara centímetros antes dela.

Com o susto, Esmeralda caíra no asfalto.

Lembrava-se do rosto simpático do velho motorista, que tinha corrido para socorrê-la.

Seu Arruda! Que homem bom!

Estava preocupadíssimo, queria ajudá-la de qualquer maneira, mesmo vendo que nada grave tinha acontecido, além de um cotovelo esfolado e dos joelhos sujos da calça *jeans*.

– Não foi nada... pode deixar...

Seu Arruda conhecia as dificuldades da vida e logo viu que Esmeralda precisava comer alguma coisa, pelo menos.

Levou-a a uma lanchonete e Esmeralda sentiu-se melhor, depois do sanduíche e do suco.

Conversaram e se gostaram em poucos minutos. Seu Arruda era motorista de uma família riquíssima e sempre passava por ali, trazendo ou indo buscar a filha dos patrões na grande escola da praça.

– Esmeralda?! Ah, ah! Você também se chama Esmeralda? – Seu Arruda ria com aquela franqueza simpática dos homens do Nordeste. – Quer dizer que eu quase atropelei uma menina que tem o mesmo nome da minha patroinha?

Era assim que Seu Arruda chamava a outra Esmeralda, a filha dos patrões.

Começaram aí as coincidências que mudariam a vida da Esmeralda quase atropelada. A mulher do Seu Arruda trabalhava em uma loja de flores ali mesmo, na mesma praça da escola rica, na mesma praça do quase atropelamento. E a dona da loja de flores estava precisando justamente de alguém para ajudar a esposa do Seu Arruda!

Quanta coincidência sensacional!

No mesmo dia, o emprego foi conseguido, e as duas mulheres, a dona da loja e a esposa do Seu Arruda, mostraram-se tão agradáveis quanto o velho motorista.

Tudo começou a melhorar na vida de Esmeralda. O emprego corria às mil maravilhas, e o primeiro salário foi uma festa quando chegou em casa.

Depois de pagas as compras principais, ainda sobrou para um novo par de tênis, nova calça e duas novas camisetas para Esmeralda.

Afinal, a menina queria mostrar-se bonita para Greg...

Greg... O encarregado (quase um gerente!) da papelaria vizinha à loja de flores. E já estudava na faculdade!

No seu segundo dia de trabalho, Esmeralda notou Greg, e Greg notou Esmeralda. Logo fizeram o lanche do almoço juntos, e à tarde, no fim do expediente, a menina preparava-se para sair e pegar um dos dois ônibus que a levariam à escola distante, quando viu um envelope sobre o balcão da loja. Tinha o timbre da papelaria. Dentro, num papel colorido por rosas, a frase inesquecível:

Esmeralda,
As rosas não falam.
Simplesmente as rosas exalam
o perfume que roubam de ti.
               Greg

No dia seguinte, encontraram-se na calçada.

– Que verso lindo, Greg! Obrigada...

– Não conhece? É de uma linda música. Os versos são do Cartola.

– Cartola? Que nome gozado!

– Um grande compositor brasileiro, Esmeralda. Foi um homem pobre, muito pobre. Alguém que, no meio da miséria, conseguia extrair poesia...

Assim era Greg. Apaixonado por poesia. Nos outros dias, Esmeralda recebeu outros versos:

Esmeralda,
Se todos fossem iguais a você,
que maravilha viver!
               Greg

Esse era de outro poeta morto, que Esmeralda conhecia muito bem: Vinicius de Moraes. Ela gostava de ler. Sempre que podia, desde pequena, arranjava um jeito de trazer para casa um livro da biblioteca. Só que Greg parecia ter muito mais cultura do que ela. Principalmente sobre poesia e música popular.

Mas a frase mais linda que a menina tinha recebido não era trecho de nenhuma letra de música popular. Foi uma frase de Greg, de improviso, olhando profundamente dentro de seus olhos:

— A loja de flores ficou mais perfumada depois que você chegou, Esmeralda...

Ai, Greg!

A menina sorria demais, de bem com a vida.

O sinal do fim das aulas da manhã na escola em frente despertou-a daquelas lembranças gostosas e trouxe-lhe outra, de gratidão:

"Seu Arruda! Ah, vou até lá. Preciso agradecer a ele tudo de bom que está me acontecendo!"

O grande portão foi aberto, e uma multidão de alunos saía na direção dos vários carros que se amontoavam em filas duplas na calçada em frente à escola.

Passou o peso da mochila para o outro ombro e procurou.

Estacionada do outro lado da rua, a van importada destacava-se dos outros carros.

"Puxa! Nem me lembrei de perguntar ao Seu Arruda que idade tem essa outra Esmeralda... Será uma criancinha? Ou será que regula comigo? Ah, talvez eu a conheça hoje..."

Sorrindo, apressou-se, driblando a correria dos alunos das famílias mais ricas da cidade que lotavam a calçada, e atravessou a rua, na direção da van.

Por trás, não dava para ver o motorista. Aproximou-se da porta e abaixou-se:

– Seu Arruda...

Uma expressão horrenda voltou-se para ela. Era uma cara encovada, arreganhando-se numa espécie de sorriso e exibindo a falta completa dos dentes da frente.

– Oh, desculpe... o senhor não é o Seu Arr...

Não pôde terminar a frase.
Envolvendo-a por trás, mãos fortes comprimiam um amontoado de panos contra sua boca e nariz.
Surpreendida, tentou espernear, sufocada por um cheiro enjoativo. Depois, nada mais. Só a escuridão.

NO ESCURO, O DESESPERO

Abriu os olhos e sentiu-se insuportavelmente enjoada.

O cheiro nauseante, a última sensação de que se lembrava ao perder os sentidos, continuava a envolvê-la.

A escuridão era total.

Quis gritar, chamar alguém, mas algo lhe apertava a boca, esmagava-lhe as faces e fazia doer a nuca.

Procurou mexer-se e sentiu-se embrulhada como um pacote. As mãos amarradas às costas tateavam um tecido duro. Uma lona grossa, úmida e sebosa, com cheiro de mofo. O que lhe prendia os tornozelos estava muito apertado, quase cortando a circulação dos pés.

Tudo sacudia, e a garota percebeu-se dentro de um veículo, enfrentando, com excesso de velocidade, alguma estrada em péssimas condições.

Seu corpo tremia de pavor e de frio. E doía. Era uma dor geral, que ela só lembrava de ter sentido durante uma gripe forte, com febre alta. A cabeça parecia prestes a explodir.

Aspirou desesperadamente pelas narinas livres da mordaça e o cheiro nojento tonteou-a novamente.

Clorofórmio, na certa. O trapo imundo que a amordaçava devia ter sido embebido em clorofórmio. Ou éter, ou qualquer outra coisa nojenta...

O estômago delicado contorcia-se espasmodicamente, repelindo o cheiro de mofo, de sebo, de umidade e do que quer que tivessem usado para fazê-la desmaiar.

Zonza como se estivesse bêbada, Esmeralda não conseguia raciocinar com clareza. Dos olhos, esbugalhados no escuro, as lágrimas brotaram fartas, quentes...

"O que aconteceu comigo? Meu Deus, por quê? Socorro! Alguém! Mamãe! Greg! Seu Arruda! Me ajudem!"

Seus gritos, abafados pela mordaça, ecoavam somente dentro dela mesma. Ninguém podia ouvi-la.

O que ela sentia era o medo, o medo, o medo...

Quanto tempo estivera desacordada? Por quanto tempo uma pessoa dorme quando cheira clorofórmio? Ou éter?

No escuro, embrulhada e sacudida sobre uma superfície dura, Esmeralda procurou lembrar-se.

A saída do colégio dos meninos ricos. A van importada do outro lado da rua.

A cara de caveira ao volante, em vez do Seu Arruda... Um monte de panos apertados contra sua boca...

Em meio à dor e ao enjoo, lutando contra as lágrimas que não paravam de correr, Esmeralda forçava-se a fazer o cérebro funcionar e tentava compreender.

"O que está acontecendo? Meu Deus, o que está acontecendo?"

Percebeu o veículo deslizar, como se derrapasse em lama, e depois saltar bruscamente, na certa por causa de algum buraco maior da estrada. Um volume bateu forte contra a cabeça da menina. Algo pesado apertava-se contra ela.

Suas mãos procuraram tatear, instintivamente, tentando saber o que era aquele peso. Seus dedos passaram por baixo da lona, e Esmeralda tocou o volume que rolara contra si.

Sentiu pano, uma superfície mole e fria. Havia mais. As pontas sensíveis dos dedos tateavam algo pegajoso, úmido... E um novo cheiro, acre e também enjoativo, entrou por suas narinas. Sangue!

Por dentro da mordaça, Esmeralda tentou berrar, arrancando um som abafado da garganta, como se tivesse sido esfaqueada.

– Aaaanh!

No mesmo instante, ouviu algo como um urro e sentiu uma pancada pesada na cabeça.

Berro, urro, murro, porrada, carro, barro...

Ao perder novamente os sentidos, a menina lembrava-se de suas primeiras lições, tantos anos atrás: "na terra com barro, derrapa o carro...".

Na escuridão da inconsciência, Esmeralda estava amarrada de pé, numa carroça aberta, puxada por dois cavalos grandes.

À boleia, via as costas nuas e peludas do cocheiro, que tinha a cabeça coberta por um capuz negro.

O seu carrasco!

"Meu Deus, fui condenada à morte!"

Ela estava sendo levada para o centro de uma praça, onde já dava para ver um cepo, no alto de um estrado. Ao lado do cepo, um machado de lâmina arredondada.

– Queremos sangue! Cortem a cabeça da princesa!

A praça estava lotada, e a multidão gritava, excitada, na expectativa do momento de ver sua cabeça rolar separada do pescoço, pintando de sangue o camisolão rústico que lhe cobria o corpo.

– Morte! Morte à princesa! Morte aos aristocratas!

Mas como? Ela não era nenhuma princesa. Era somente uma vendedora de flores que queria namorar o vendedor de livros escolares...

15

Mas por que Greg não aparecia para salvá-la da morte? Por que ninguém aparecia para ajudá-la? Para arrancá-la das mãos peludas do carrasco? Para proteger a pele do seu pescoço da lâmina afiada do machado?

A carroça parou à beira do estrado alto.

Agora o estrado estava montado no meio da praça, e a praça era a mesma do colégio dos ricos, a mesma da loja de flores, a mesma da papelaria de Greg... E a multidão era composta dos alunos da escola rica, todos exigindo seu sangue. Gritavam, riam, divertiam-se com seu suplício...

Na primeira fila, aplaudindo, estava Greg!

– Greg! Não!

A mão peluda do carrasco agarrou-a pelos cabelos e brutalmente arrastou-a para o cepo.

Esmeralda cambaleava, tentando resistir, mas a força do carrasco conseguia com facilidade debruçá-la no cepo.

Seus cabelos foram amarrados à base do cepo, impedindo-a de levantar a cabeça.

A nuca de Esmeralda ficou à disposição da lâmina do machado, que se erguia, brilhando ao sol.

A menina tentava gritar, retorcia-se, mas as cordas estavam apertadas demais.

Já não eram cordas. Apavorada, Esmeralda sentia-se amarrada por serpentes pegajosas. Outras serpentes prendiam seus cabelos no chão. Todas com os caninos à mostra, prontas para o bote mortal.

A multidão gritava, pedia seu sangue e...

Esmeralda recobrava a consciência, sentindo os pulsos esmagados pelas cordas que lhe imobilizavam as mãos.

03 A IGREJA NA ESCURIDÃO

– **D**á uma parada aí, Frolô. Quero mijar!

Uma voz arrastada e pastosa entrava abafada na prisão de lona da menina.

Respondia uma voz estrangulada:

– A gente para quando eu disser pra gente parar, Centiquatro! Quem é que manda aqui, bandido?

– É... é você, Frolô...

– Nunca se esqueça. Sou o falado Floriano! Repita: Floriano!

– Froliano...

A voz estrangulada praguejou:

– Droga! Você não sabe falar? É Flô. Flô! Flôríí! Floriano!

A outra voz insistia:

– A gente já está rodando há um tempão, Frolô. E eu precisava mijar...

– A gente vai parar porque *eu* quero mijar, Centiquatro! Quem manda aqui sou eu!

– Tá bem, Frolô...

Esmeralda percebeu a desaceleração do veículo. Talvez fosse a mesma van dirigida pelo Seu Arruda. E ela devia estar na parte de trás, no bagageiro.

Não fez nenhum ruído. Não, ela não queria apanhar novamente.

Encolhidinha, doída e desesperada, Esmeralda chorava em silêncio. Apertado pela mordaça, seu queixo

tremia e, dentro da cabeça, ela podia ouvir o bater dos próprios dentes.

Do seu lado, fora da van, começava a farta torneira da urina do homem chamado Frolô. Antes que terminasse, a voz desdentada gritava de novo.

– Pexebôi, vê se está tudo bem com a nossa bonequinha aí. Vai ver ela também está querendo mijar. Ou vai ver já se mijou toda! Ha, ha!

A menina ouviu o capô traseiro sendo aberto.

A lona foi arrancada de cima dela.

Uma lufada de ar frio entrou na van.

Ela continuou quieta, encolhida, esperando novo murro daquela mão enorme que agarrava a lona.

– Ela já está acordada, Frolô... – informou o homem, vendo os olhinhos arregalados da menina.

A tarde já morria, num anoitecer cinzento e chuvoso.

Esmeralda fechou os olhos, apertando as pálpebras com força, como se pudesse apagar o pesadelo que se desenrolava a sua frente.

"Meu Deus... já está anoitecendo! Devo ter ficado dopada por horas..."

A garoa miúda enregelava. Seu corpo tremia de frio, protegido apenas pela camiseta.

"Tempo *chuvoroso*...", pensou a menina, usando a palavra que certa vez inventara numa redação, tentando combinar "chuvoso" com "horroroso". Naquela vez, sua invenção tinha resultado em um ponto negativo. E agora?

Procurava pensar em qualquer outra coisa, tentava levar a mente para longe dali. Não, aquilo não podia estar acontecendo de verdade, era um sonho mau, um *sonhoroso*, num tempo *chuvoroso*. Estava dormindo – é claro! –, aquilo era um pesadelo medonho, ela logo iria acordar e aquele seria um dia de sol, ela estaria de novo na loja de flores e receberia outro verso de Greg...

Fechou os olhos com força, espremendo as lágrimas que brotavam fartas, quentes, ao compreender que aquilo não era apenas um pesadelo, um sonho mau. Aquilo era de verdade...

– Fechou o olho de novo, Frolô – falou Pexebôi, com sua voz arrastada. – Acho que ela não quer mijar...

– Então cobre essa porcaria de riquinha de novo. Vamos embora!

"Riquinha? Como!?", pensou a menina. "Será que... Meu Deus! Eles me confundiram com outra pessoa! Isto é um sequestro! Fui sequestrada no lugar de alguém!"

Os sequestros de que tanto falavam os noticiários! Só podia ser isso: sequestrada! Em plena uma hora da tarde, na frente do colégio dos ricos, no meio do trânsito congestionado pelos carros caríssimos que bloqueavam a rua para levar para casa os filhos das maiores fortunas da cidade! E fora ela a escolhida. A menina mais pobre da praça...

A voz continuava a dar ordens:

– Mais umas duas horas, e a gente chega na igreja. Agora você dirige, Centiquatro!

"Uma igreja? Esses homens vão me levar para uma igreja?"

A lona foi jogada sobre seu corpo e Esmeralda ouviu os três homens entrarem novamente na van. Ouviu o bater das portas e o motor sendo ligado.

Com o balanço do veículo, suas lágrimas espalhavam-se pelo rosto. Quentes, silenciosas, desesperadas...

✦ ✦ ✦

Depois de um tempo interminável, a van parou de novo.

As mesmas mãos grandes abriram o capô, arrancaram a lona e dessa vez agarraram as pernas de Esmeralda, puxando-a para fora. Seu corpinho chocou-se com o embrulho grande que viajara a seu lado.

As cordas em seus tornozelos foram brutalmente tiradas.

Tremendo, a menina foi posta de pé.

Os tênis que acabara de comprar afundaram-se na lama. Todo o seu corpo estava adormecido, e a menina desabou, de joelhos.

– Carrega ela, Pexebôi.

Esmeralda foi jogada no ombro do grandalhão, como se fosse um saco de batatas.

A noite estava escura demais e a garoa continuava. Mas, com a cabeça de lado, sendo carregada apressadamente, a menina conseguia ver a silhueta de uma igrejinha com uma torre única.

Frolô abriu a porta dupla com um pontapé.

– Acenda o lampião, Centiquatro.

Sem falar, os dois bandidos obedeciam a cada ordem de Frolô.

A voz parecia esgoelar-se para conseguir sair e saía cuspida pela língua que se batia nas gengivas nuas, entre dois caninos solitários.

Pexebôi soltou o corpo de Esmeralda na laje do chão. As mãos amarradas não podiam dar-lhe apoio, e a menina caiu de lado, machucando o ombro. Mais uma dor, para juntar-se às outras.

– Agora vá buscar o outro, Pexebôi. Vamos precisar dele.

O grandalhão saiu pela porta dupla escancarada, por onde entrava o ar frio da noite.

Centiquatro riscava um fósforo e acendia a mecha do lampião.

A luz fraca revelou a nave da igreja.

Bancos simples e pobres de madeira, paredes descascadas, quadrinhos com uma via-sacra escurecida pelo tempo e pelas chamas de velas, uma imagem pequena no altar.

Tudo lúgubre, frio e sobrenatural, como em um filme de terror.

Os olhos de Esmeralda não conseguiam desgrudar-se da imagem horrenda de Frolô. O bandido sentou-se cansado em um dos bancos. Abriu um saco de papel que Centiquatro havia trazido e de lá tirou uma garrafa.

Arrancou a rolha e enfiou o gargalo na boca, pelo vão da falta de dentes. Uma boa parte do conteúdo sumiu-lhe, goela adentro. Segurando a garrafa pelo gargalo, apoiou-a na coxa. Com um movimento do peito, arrotou, deixando o vapor da cachaça sair em uma golfada.

A dois metros do bandido, Esmeralda pôde sentir um cheiro fétido, como de vômito. Bafo de dentes podres e cachaça, um sacrilégio a ofender a igrejinha vazia.

Esmeralda desviou o olhar, enojada.
Na parede da direita, logo após a entrada, havia uma pequena porta gradeada, meio escondida por um confessionário. Atrás dela, a menina notava um vulto. Sob a luz fraquinha, pensou perceber um par de olhos fixos nela.
Gemeu baixinho, por trás da mordaça.
– Centiquatro! – berrou Frolô. – Vá atrás do Bicho Preto e veja se está tudo preparado para receber nossa princesinha...
O homenzinho moveu-se como uma sombra e desapareceu pela porta de grades.
Pexebôi voltava com o outro "pacote" nos ombros. Jogou-o no chão, perto da entrada.
– Feche a porta, Pexebôi. Está um frio danado!
O grandalhão moveu os braços, cansados pelo esforço:
– Como pesa o desgraçado! Não sei por que ficar carregando esse diabo pra cá e pra lá!
– Precisamos dele, Pexebôi. Você é muito burro para entender, mas o corpo desse velho vai servir para reforçar nossas mensagens para o pai da mocinha aqui...

Levantou-se. Do casaco, tirou uma faca pequena. Aproximou-se da menina.

04 NO VALE DOS MORTOS

Esmeralda estava paralisada de pavor, olhos arregalados e fixos na expressão de Frolô.

Centiquatro voltava. Da portinha de grades, falou para o chefe:

– Tudo bem, Frolô.

– Tudo pronto? Então já podemos deixar a mocinha mais livre, não é?

O bandido ajoelhou-se ao lado dela e, de um golpe, cortou a corda que lhe prendia os pulsos. Aproximou a outra mão do rosto da menina. Com um arranco, puxou o pano que a amordaçava, deixando-o solto em volta do pescoço de Esmeralda. As unhas crescidas e imundas arranharam-lhe a face.

A menina respirou curtinho, procurando recuperar o fôlego, mas não teve coragem de falar nada.

Frolô sentava-se molemente na ponta do banco mais próximo à menina e exibia o desastre que era seu sorriso.

Sob a luz fraca do lampião, os caninos, só com cacos podres entre eles, faziam com que a expressão do bandido lembrasse a máscara de um vampiro. Não daqueles vampiros elegantes e sofisticados do cinema, mas de um chupador de sangue decadente. Era como se Drácula começasse a desfazer-se, depois de encarar a cruz.

– Este agora vai ser o seu lar, menina rica. Pode ser por pouco tempo, se seu papai gostar bastante de você e quiser colaborar com os seus novos amigos aqui...

O homem estava imundo. Cada vez que seus braços se moviam, Esmeralda sentia o cheiro de imundícies e suores antigos.

A menina segurou a respiração. Suas narinas, em apenas poucas horas, tinham experimentado odores que ela desconhecera em quinze anos de vida.

– Como é? Não vai falar nada?

Devagar, Esmeralda movimentava os pulsos doloridos sem tirar os olhos da cara do bandido. Timidamente, falou, com um fio de voz:

– Eu... Deve ter havido um engano... Eu não sou quem o senhor está pensando...

O bandido arregalou os olhos para ela, sério:

– Eu estou pensando que você é a menina Esmeralda. Seu nome não é Esmeralda?

– É, mas...

– Você não é a menina Esmeralda, filha do dono da transportadora?

– Não! Eu...

A mão de Frolô ergueu-se e desceu com uma violência seca, estalando em cheio na face de Esmeralda.

Um calor insuportável subiu-lhe para a parte atingida, e as lágrimas vieram fartas. Apertou os lábios, calando-se de dor.

Frolô estava de pé e reiniciava o discurso.

– É melhor ficar de boca calada, menina rica. Agora você vai ouvir. Eu só vou falar uma vez. Primeiro quero apresentar seus novos amigos. Esse magrinho é o Centiquatro. Teve uma temporada tão grande na cadeia que nem mesmo ele se lembra do próprio nome. Carregou o número cento e quatro no macacão da cadeia tanto tempo e tomou tão poucos banhos que o número já deve estar tatuado no peito dele.

Riu-se da própria piada e continuou:

– O outro maiorzinho é o Pexebôi. Boa gente. Pena que seja meio burro e tenha a mão muito pesada. Não faça nada para aborrecê-lo, que a mão dele ficará longe do seu rostinho.

Estufou o peito.

– E este seu criado aqui é o Floriano. Se você lê jornais, já deve ter ouvido falar da fama do grande Floriano. Frolô, para os meus colegas ignorantes lá da penitenciária. Gente boa, sabe? Tudo gente da melhor qualidade. Mas são meio ruins nesse negócio de pronunciar o L. Pena que nós três, eu, o Centiquatro e o Pexebôi, resolvemos terminar nossa temporada de férias lá, com aqueles bons rapazes. Pena mesmo... Acho que deixamos saudades. Menos para aquele carcereiro balofo. O teimoso gostava tanto da gente que não concordou com o fim das nossas férias e eu tive de operar o apêndice dele com esta faquinha...

Passou a faca lentamente na coxa, como se a limpasse do sangue do carcereiro.

– Agora você, mocinha rica. Espero que goste da nova casa que nós lhe arranjamos. A gente vai ter muito o que fazer e nem vamos poder ficar lhe fazendo companhia por muito tempo. Mas você estará muito bem cuidada. Sabe? Temos um moço muito especial para tomar conta da nossa hóspede. Todo mundo o chama de Bicho Preto. Você vai adorar nosso amigo!

O bandido abriu-se numa gargalhada macabra, seguido com entusiasmo pelos dois comparsas.

– Ha, ha! O Bicho Preto é especial, muito especial, menina. Cuidado para não se apaixonar por ele! Ha, ha!

As risadas faziam Esmeralda tremer mais do que a frieza das lajes onde continuava caída.

– Não tenha medo, querida. No caso do Bicho Preto, basta fechar os olhos. Se você evitar olhar para ele, acho que seu coraçãozinho vai bater mais tranquilo! Ha, ha!

Parou de rir de repente e encarou sério o rosto machucado de Esmeralda:

– O Bicho Preto é o guarda desta igreja. Daqui! Do seu novo lar. É uma igreja, menina. Uma igreja vazia, é verdade. Uma cidade vazia.

Parou um instante e recomeçou, como se fosse um professor de geografia humana:

– Dizem que essa região toda era uma beleza muito tempo atrás. Dizem que aqui só havia ricos como você. Fazendeiros de café. Mas parece que aconteceu alguma coisa, e a riqueza virou pobreza. Aos poucos, o pessoal foi indo embora, quando até o cafezinho do bar acabou. Porque acabou o bar, acabou tudo. O nome certo para isso aqui deveria ser Vale dos Mortos...

Fez um esgar com o lábio superior, como se odiasse o que contava.

– Eu nasci aqui, mocinha. Nesta miséria toda, ouvindo falar das riquezas do passado. Isto já era o fundo do inferno, mas, no meu tempo, esta igreja ainda tinha padre. Só que o padre acabou indo embora, porque desapareceu o povo que sustentava sua preguiça com esmolas.

Levantou-se, entusiasmado pelo próprio discurso.

– Agora a igreja é nossa. Só nossa, minha boneca. Aqui você vai ter todo o conforto, até seu papai pagar o dinheiro que a gente vai pedir pela sua pelezinha cor-de-rosa. E tudo vai acabar bem, não é?

Vagarosamente, tinha chegado ao lado do fardo que Pexebôi jogara na entrada da igreja.

– Aqui está seu velho motorista, menina...

"Seu Arruda?! O sangue que eu senti era do Seu Arruda?"

Sentiu-se empalidecer, como se seu próprio sangue quisesse fugir. O bom Seu Arruda, o alegre nordestino que mudara sua vida, tinha sido assassinado! E o assassino estava ali, à sua frente. Não havia mais esperanças. Esmeralda estava perdida.

Como um artista, que apresenta seu melhor quadro à admiração de uma plateia seleta, Frolô continuava, gesticulando:

– Também tive de operar o apêndice dele. Até o pescoço! Mas o velho ainda vai servir para alguma coisa, querida. Vai ser nossa mensagem para seu papai, só pra ele saber que a gente não está brincando. O velho vai levar uns dois dias pra feder bastante, mas até lá seu papai terá entendido a mensagem que a gente vai mandar, não é?

Ajoelhou-se ao lado do cadáver do motorista. Esmeralda viu-o mexer um pouco dentro da lona. Logo se ergueu. Tinha alguma coisa na mão.

– Aqui está, criança. Nossa primeira mensagem para o papai. Você acha que ele vai entender?

Na mão de Frolô, Esmeralda viu a orelha ensanguentada do velho motorista.

05
A CELA DA TORRE

Depois de romper a mudez com um berro desesperado ao ver a mutilação do cadáver do Seu Arruda, a menina novamente tinha recebido no rosto o martelo de carne do homenzarrão. Pancada forte, muito mais demolidora do que a bofetada de Frolô.

Quando despertou, estava de novo jogada sobre os ombros do Pexebôi, que a carregava pela nave da igreja.

Abriu os olhos, e a primeira imagem que viu foi o cadáver do motorista, jogado à entrada.

"Agora chegou a minha vez... Vou morrer! Vou morrer! Por quê? O que foi que eu fiz?"

Repentinamente, a antecipação da morte foi substituída por outro medo, um medo que sempre a perseguira em pesadelos.

"Ai, não! Esses homens vão me estuprar!"

Com a consciência daquela nova ameaça, seu medo antecipava a dor da brutalidade com que aqueles homens estavam prontos a arrebentá-la por

dentro, antes de a faca de Frolô abrir sua garganta e terminar logo com tudo.

Não conseguia pensar com clareza, em meio à dor de tantas pancadas. Desde o começo daquela tarde, era a terceira vez que Esmeralda perdia os sentidos. Ainda em frente à escola, a causa tinha sido o cheiro enjoativo do clorofórmio. E as outras duas, dentro da van e agora, tinham sido causadas pela mão pesada de Pexebôi.

Desejou outro murro, ansiou pela inconsciência. Desejou estar novamente desmaiada antes da violência maior. O soco de Pexebôi doeria menos do que o impacto dilacerador do estupro.

Entre dois suplícios, preferia a brutalidade daquele homem que a carregava pela nave da igreja e atravessava a porta de grades.

Uma escada em espiral começava naquele ponto. A escuridão era completa. Pexebôi subia os degraus, interminavelmente. A cada curva, a cabeça e os braços caídos de Esmeralda batiam nas paredes. Tonta de dor, a menina nem mais conseguia prevenir-se de novas dores.

Esmeralda notou que Frolô subia logo atrás.

Quase no alto da escada, Pexebôi parou em um pequeno patamar, que dava para uma porta. Abriu-a e jogou o corpo de Esmeralda para dentro.

Da porta, vinha a voz de Frolô:

— Fique aí, quietinha, menina. A gente vai voltar. Vamos buscar o dinheiro. Se seu papai pagar logo, a gente volta e solta você. Por enquanto, quem vai tomar conta de você é o Bicho Preto. Não provoque ele, porque o Bicho Preto é maior e mais burro que o Pexebôi.

A voz vinha da escuridão absoluta, e Esmeralda apenas podia adivinhar o vulto de Frolô, parado à soleira da porta. A voz calou-se e a porta foi fechada.

O murro tinha acertado bem de lado, na face, e agora latejava. Esmeralda tateou o machucado, quente. Suas mãos passaram pelos arranhões das unhas imundas de Frolô e tocaram cada um dos inchaços que já se formavam na cabeça, pelas batidas durante a subida pela escada em espiral.

O ombro doía muito e os esfolados dos pulsos e tornozelos estavam úmidos de inflamação.

— Meu Deus! Será que eu ainda estou viva?

Estava sentada no chão. Estendeu o braço para a frente, e sua mão espalmou-se na folha da porta. Recuou um pouco as costas e sentiu algo fofo. Com as mãos, notou que era um saco grande, cheio de palha. Um colchão!

Rolou dolorosamente para cima do colchão e deixou o corpo moído estender-se na palha macia.

Seus olhos já estavam acostumados à escuridão. No alto do lugar onde se encontrava, devia haver alguma janela, que quebrava o negror do ambiente.

Ouviu um rangido levinho. Conseguiu perceber o retângulo da porta silenciosamente aberta por alguém. No meio do vão, desenhava-se um vulto, bem maior do que o corpo imenso de Pexebôi.

**"O Bicho Preto! Maior e mais burro que o Pexebôi!"
Esmeralda encolheu-se, esperando novo soco.**

O vulto abaixava-se para a frente. A menina ouviu o ruído de alguma coisa contra o chão.

O vulto tinha deixado algo em sua cela. Esmeralda hesitou, demorou um tempo interminável, criando coragem para verificar o que era.

Estendeu o braço, por fim. As costas de sua mão tocaram em algo frio. Tateou. Parecia uma moringa. Água!

Sentou-se no colchão e agarrou a moringa com as duas mãos. Água abençoada, depois de tantas horas de pesadelo!

A água era fresca e aliviou-a um pouco.

O vulto teria deixado mais alguma coisa?

Tateou de novo e sentiu algo roliço, como um pauzinho. Ao lado, uma caixa. Sacudiu-a e ouviu o delicado chacoalhar de fósforos.

Fósforos! Com as mãos tremendo, abriu a caixinha e riscou um palito.

O clarão incandescente iluminou o que havia em frente ao colchão. Uma bandeja. E o pauzinho roliço era uma vela!

Acendeu-a, antes que a chama do fósforo se extinguisse.

Estava em um cubículo onde caberia apenas mais um colchão de palha como aquele em que ela estava sentada.

A moringa, a vela e os fósforos estavam em uma bandeja. E, junto, um prato com um pão e duas batatas cozidas.

Usando as mãos, Esmeralda comeu com uma fome devoradora. As batatas estavam quentes, e o corpo da menina sentiu um pequeno alívio.

Dobrado no colchão, havia um cobertor grosso.

Esmeralda não tinha mais forças para pensar em sua situação. Arrancou os tênis enlameados, apagou a vela, enfiou-se debaixo do cobertor e adormeceu na mesma hora.

06
SOZINHA...

Esmeralda estava sentada na prateleira de uma loja de brinquedos. Era uma das bonecas expostas à venda. Mas era muito maior do que as outras e... estava nua.

Havia uma placa pendurada em seu pescoço, mas ela não conseguia ver o preço que ali estava escrito. Quanto ela valia? Quem haveria de comprá-la?

Greg! Era Greg que entrava na loja e discutia com o vendedor.

Ela não conseguia ver quem era o vendedor, mas tinha certeza de que só podia ser Frolô. Também não conseguia entender o que os dois conversavam.

Greg pagaria e a levaria da loja! Ela estaria livre!

Mas o rapaz voltava as costas e saía da loja, insatisfeito com o preço.

Tentou gritar, chamar pelo quase namorado, mas de sua boca só saía "Mamã...".

A mãe entrava na loja e dirigia-se a ela, preocupada. Mas não conseguia encontrá-la. Esmeralda já não estava mais entre as bonecas. Estava numa jaula, agarrada às grades, esperando...

E não era mais a mãe que a procurava. Era o carrasco que a encontrava e a arrancava da jaula.

Foi jogada novamente na carroça. Dessa vez, foi levada para uma pilha de galhos e palha. O carrasco amarrou-a a um poste.

Ela ia ser queimada!
O carrasco arrancou a máscara. Era Greg!
– Greg! Não!
O rapaz aproximava-se empunhando uma tocha acesa.
– Não! Não! Socorro!

**A pira ardeu. As labaredas logo a cercavam e aproximavam-se do seu corpo. A barra do vestido começou a queimar e Esmeralda sentiu um calor abrasador envolvê-la por inteiro...
À volta da fogueira, demônios nus, enormes, desproporcionais, dançavam como loucos...**

Acordou suando debaixo do cobertor.

Moveu-se e as dores em todo o corpo mostravam-lhe que não estava mais sonhando.

Abriu os olhos.

A luz do Sol de inverno entrava pela abertura do alto do cubículo. Uma pomba pousou no beiral da abertura.

Com esforço, Esmeralda sentou-se no colchão.

A consciência de sua situação, depois do pesadelo da noite, trouxe-lhe o pânico de volta.

Onde estavam os bandidos? Quando voltariam? O que fariam com ela? O que ela deveria esperar? A liberdade, depois de pago o resgate?

Mas quem pagaria seu resgate? O pai da outra Esmeralda? Certamente riria do telefonema de Frolô, exigindo dinheiro grosso por uma filha que estaria ali, a seu lado, protegida de tudo.

Ninguém jamais descobriria que a Esmeralda sequestrada era ela. E ela não valia dinheiro grosso. Sua vidinha nada valia.

Nem adiantaria ter conseguido convencer Frolô de que sequestrara a Esmeralda errada. Se ele compreendesse isso, sua vida valeria ainda menos. A faca acabaria com o engano em um segundo.

Não havia esperança.

Chorou, chorou como criança, desconsolada.

Aos poucos, as lágrimas pararam de correr, e ela pôde pensar mais claramente.

Pensar... Pensar o quê?
Estava na cela da torre. No Vale dos Mortos. Guardada por um monstro a quem chamavam Bicho Preto.

Olhou em volta. O cubículo estava limpo, assim como o cobertor que a aquecera. Não havia móveis, além do colchão. Na parede, a foto antiga de um velho padre e um crucifixo de plástico.

O par de tênis tinha desaparecido.

"Ai, e ainda por cima me deixaram descalça!"

Levantou-se. Na porta, não havia fechadura. Puxou-a de leve, e ela abriu-se, sem um ruído.

Com medo, espiou para fora.

A escada em espiral continuava para cima.

"Estou presa na torre, como Rapunzel..."
Esmeralda tremia ao imaginar uma bruxa desdentada como Frolô, retalhando a prisioneira da torre com sua faca.

Não havia ninguém à vista. Seu guardião teria deixado a jaula aberta?

"Será que eu posso fugir? Meu Deus, será que eu posso fugir?"

Não havia nenhuma abertura ao longo da torre, mas a luz do dia, vinda de cima, do campanário, iluminava perfeitamente a escada. Timidamente, degrau por degrau, começou a descer só de meias, como se pisasse em ovos.

Chegou até a porta gradeada, que dava para o púlpito, e agarrou-a.

"Trancada! Eu devia ter imaginado..."

Além das grades, somente a igreja deserta.

Atrás de si, Esmeralda viu outra porta de madeira.

Abriu. Um banheiro! Estranhamente asseado, como o de sua casa. Uma toalha muito velha mas branquíssima estava pendurada em um prego. Sobre a pia areada, um pedaço novo de sabão. Havia um velho vaso sanitário, limpo como se fosse novo, mas nenhum chuveiro. Um rolo de papel higiênico barato e uma escova de dentes nova. Não havia pasta.

Lavou-se com a água gelada da torneira e usou o sabão áspero. Enxugou-se com cuidado, sentindo arder os arranhões e doer os inchaços na testa e na cabeça. Escovou os dentes, mesmo sem pasta.

Não havia nenhum espelho no banheiro, e a menina tentou adivinhar como estaria sua aparência. Seu rosto devia estar um desastre!

– Devo estar horrorosa! – falou alto, para si mesma. – Daria tudo por um espelho...

Subiu as escadas, de volta ao cubículo. Cada degrau parecia uma tortura, fazendo com que doessem todas as juntas do corpo.

Surpresa! Ao lado do colchão, uma bandeja com dois pãezinhos e uma jarra com leite quente e açucarado. Esmeralda atirou-se à refeição com voracidade. Nem notou que o leite estava coado, sem nata.

Mas havia outra surpresa. A mochila que carregava no momento do sequestro estava sobre o colchão.

Examinou a camiseta imunda, depois de ter sido esfregada no bagageiro da van. Quase chorou de novo, ao ver uma mancha de sangue. "Ai, é sangue do Seu Arruda!"

Quase dois meses cheios de esperança, agora terminados junto com a morte do velho que iniciara sua nova vida...

Num gesto impensado, arrancou a camiseta e jogou-a no chão, como se quisesse afastar a imagem do velho motorista assassinado.

Aos poucos, o tremor que sentia pelo frio tornou-se maior do que o de medo.

Na mochila, junto aos livros e cadernos, estava o blusão. Vestiu-o sobre o corpo nu.

Voltou ao patamar, na frente da porta do cubículo.

"Será que o tal Bicho Preto está lá em cima?"

Ficou imóvel, tentando ouvir alguma coisa. Nada, nenhum ruído.

Subiu o lance de degraus.

07
COMEÇAVA COM UM ASSASSINATO

A escada terminava no alto da torre da igreja.

Um bater de asas. Duas pombas abandonavam o campanário.

O telhado da torre era sustentado apenas por quatro pilares, deixando a área amplamente aberta. A menina podia examinar os arredores de sua prisão.

A igreja ficava no meio de um vale descampado, solitária à beira de uma estrada de terra enlameada. A paisagem era coberta pelas ervas do abandono, amareladas de inverno.

Além da igreja, olhando para os quatro pontos cardeais, a única construção existente era um barracão, próximo à igrejinha. Ao lado da construção de madeira, uma cabra preta pastava tranquilamente.

Um pouco mais a distância, dava para ver uma cruz tosca cravada no chão. Parecia haver flores ao pé da cruz.

Olhou para o teto do campanário. Um grande sino, de bronze escurecido, e sua corda, que descia até tocar as tábuas grossas do piso. Parecia uma peça cara, lembrança do esplendor que tinha abandonado o Vale dos Mortos.

Esmeralda ajoelhou-se no piso e deixou o olhar perder-se na imensidão deserta que cercava a igreja.

"Estou sozinha...
tão sozinha... O que será de mim aqui?"

Duas lágrimas quentes correram-lhe pelas faces. O horror das imagens de Frolô, Pexebôi e Centiquatro voltou-lhe à lembrança. Àquela hora, os bandidos já deveriam ter entrado em contato com o pai da outra Esmeralda. Na certa, teriam pedido uma fortuna como resgate.

Quase sorriu ao imaginar a cara de Frolô, ouvindo a gargalhada do dono da transportadora, do outro lado da linha.

– Sequestro da minha filha? Que sequestro? Ela está aqui, do meu lado...

E aí? Em quanto tempo os bandidos voltariam para terminar de modo horrendo o serviço que começara tão malfeito?

"Quanto tempo de vida eu ainda tenho?"

Ao avaliar sua condição, um cansaço imenso a invadiu. Decidiu voltar para o cubículo e jogar-se no colchão de palha.

Desceu lentamente os poucos degraus.

Nova surpresa a aguardava. A camiseta tinha desaparecido e havia um pequeno espelho sobre o colchão.

Apavorada, Esmeralda grudou-se na parede oposta à porta, de pé sobre o colchão, esperando ser atacada a qualquer momento.

Ela já explorara tudo e sabia que, ao longo da escada, só havia o banheiro, o cubículo e, no alto, a plataforma do sino. Como sua camiseta tinha desaparecido? Como tinha surgido aquele espelho? E a bandeja com pães e leite no chão de sua pequena cela? A menina percorrera todos os cantos da torre, sem ouvir qualquer ruído, sem perceber qualquer sombra...

"**Meu Deus!** Estou sendo vigiada por um fantasma?"

E deveria ser um fantasma que adivinhava seus pensamentos. De outro modo, como descobriria que Esmeralda queria um espelho?

"Eu falei que queria um espelho em voz alta! O bandido estava me ouvindo!"

**Com o coração aos pulos, fechou a porta, apertando-a com o corpo. Imóvel, de olhos apertados, ficou esperando que o Bicho Preto surgisse de repente, para... Para quê?
Deixou o corpo escorregar e ficou sentada no chão, apoiando as costas contra a porta.
O medo invadia de novo todos os sentidos de Esmeralda.**

A abertura sem vidraça ou veneziana no alto do cubículo fazia entrar o Sol de inverno, enviesado. Subia e seu calor fraquinho atingiu Esmeralda.

O tempo passava e nenhum ruído humano penetrava os quatro metros quadrados de sua cela.

Ela nunca tivera dinheiro para comprar um relógio de pulso. Que horas seriam? Há quanto tempo estivera ali, sentada contra a porta? Pela altura do Sol, tentou adivinhar as horas. Lembrou-se da professora de geografia. Será que ela seria capaz de saber as horas pela posição do Sol?

Para que servia todo o ensino que recebera por tantos anos? Serviria para a vida? Para *salvar-lhe* a vida? Serviria para mantê-la viva e alerta dentro da prisão de uma torre? Vigiada por um monstro e à espera da volta de três bandidos ferozes que matavam carcereiros e motoristas à faca?

Para que servira tudo o que a menina aprendera até aquele momento, com tanto esforço? Como ela poderia livrar-se daquela situação resolvendo raízes quadradas ou equações com uma ou duas incógnitas? De que servia saber extrair o valor de x? Naquela situação, para que saber quantas eram as capitanias hereditárias ou quem tinha guilhotinado quem na Revolução Francesa? De que adiantava saber o que era uma falésia ou quais os afluentes da margem esquerda do Amazonas, presa na torre de uma igreja abandonada, esperando a morte chegar?

Àquela hora, o expediente na loja de flores já teria começado.

"Na papelaria também... Será que o Greg vai dar pela minha falta? Vai estranhar? Vai fazer alguma coisa para me salvar?"

A cada pensamento, seu desânimo aumentava: lembrou-se de que não tinha dado seu endereço para Greg...

Pegou a mochila e abriu-a. A prova de física seria na semana seguinte.

"Será que eu vou estar viva na semana que vem?"

Para a prova, teria de saber direitinho o tal "movimento retilíneo uniforme".

E lá estava o romancinho para a prova de português. A história se passava em um hotel de primeira linha em São Paulo. Começava com um assassinato.

Sua história também começara com um assassinato. Com a morte estúpida do Seu Arruda, do querido motorista que tanto a ajudara. Tremeu ao lembrar-se do cadáver mutilado do velho nordestino. Ainda deveria estar jogado no chão da igreja.

Uma das frases do discurso macabro de Frolô estava marcada dentro dela:

"Vai levar uns dois dias para começar a feder..."

A imagem era dura demais e Esmeralda sacudiu a cabeça, tentando afastá-la e procurando não imaginar como ficaria o seu corpo, depois que ela já tivesse sido assassinada e começasse, por sua vez, a apodrecer como o cadáver do Seu Arruda.

Tensa, abriu o livro e procurou ler. Mas as letras embaralhavam-se a sua frente. A noite de sono não tinha sido suficiente para compensar as dores do dia anterior.

O livro caiu de lado e Esmeralda adormeceu novamente.

08 BICHO PRETO

Esmeralda perdera-se na floresta. Arrastava-se à procura de algo para comer, com o vestido rasgado pelos espinhos.

Sua fome era insuportável.

Chegou a uma clareira. No centro, sobre uma fogueira, fumegava um caldeirão.

Comida! Correu para a fogueira. Horror! Dentro, boiavam orelhas humanas...

De repente, selvagens pintados com cores de guerra a cercaram.

Agora, era ela que estava dentro do caldeirão. Seria ela a refeição dos selvagens!

Começava uma dança louca, iluminada pelas labaredas da fogueira...

✦ ✦ ✦

Um aroma de tempero estava próximo a Esmeralda quando ela despertou.

A bandeja estava novamente no chão, bem perto dela.

Sentou-se no colchão.

"Este é o almoço da prisioneira..."

44

O que havia no prato eram pedaços de frango.

Junto com o frango, havia novamente duas batatas cozidas e um pãozinho. A moringa com água fresca e uma caneca de lata estavam lá outra vez. Não havia talheres.

Esmeralda pegou uma asinha.

Estava bom e ela conseguiu comer quase a metade da comida.

Abriu a porta para descer ao banheirinho e lavar as mãos engorduradas.

– Esse Bicho Preto podia ao menos me trazer talheres... – falou para si mesma, ao descer as escadas.

Já no banheiro, enxugando as mãos, lembrou-se da misteriosa aparição do espelhinho.

"Ele me ouve! Esse Bicho Preto ouve tudo o que eu digo! Ele está me espionando!"

Correu desabaladamente de volta ao quartinho e fechou-se, procurando alguma proteção atrás da porta sem fechadura.

Aos poucos, a aceleração do bater do seu coração foi diminuindo.

"Por onde vem esse bandido trazer a comida? Só pode ser pela porta de grades, lá embaixo..."

Com o maior cuidado, abriu a porta e espiou para baixo.

Tudo quieto.

"E se ele estiver lá em cima, no campanário?"

Encheu-se de coragem e subiu as escadas em espiral, procurando fazer menos ruído que um gato.

Lá estava o sino silencioso, pesado, e mais nada.

O vale estendia-se vazio, iluminado pelo sol a pino.

De repente, aos pés da torre, uma imagem enorme surgiu, correndo para o barracão e fazendo voar as pombas que ciscavam no terreiro.

"Muito maior e mais burro do que o Pexebôi", dissera Frolô!

Escondeu-se atrás de um dos quatro pilares que sustentavam o pequeno teto da torre e arregalou os olhos, tentando avaliar seu carcereiro, no pouco tempo que aquela imagem preta e enorme levou para desaparecer pela porta do barracão.

"Muito maior e mais burro do que o Pexebôi!"

O que a menina vira tinha sido um gigante negro. Deformado! Suas costas projetavam-se para trás, formando uma corcunda tão grande como se o homem estivesse carregando nas costas uma mochila cheia. Corria arqueado, e os braços compridos quase tocavam o chão, como os orangotangos...

O pavor fez a menina arquitetar um plano desesperado.

"Ele vai voltar. Em algum momento ele vai voltar e só pode entrar pela porta gradeada lá de baixo. E se eu...?"

O monstro estava no barracão. Esmeralda não precisava tomar cuidado. Desceu rapidamente as escadas até a porta de grades.

O trechinho de parede que separava aquela porta e o banheirinho era escuro. Quando entrasse, provavelmente o bandido não olharia para ali. Na certa iria imediatamente para o outro lado, na direção da escada.

"E se eu me esconder aqui? E se eu ficar bem quietinha? Ele pode subir a escada e talvez eu tenha tempo de escapar, por trás dele... Preciso fazer alguma coisa! Preciso lutar! Estou sozinha... só *eu* posso lutar pela minha vida..."

Colou-se à parede. Dava para ver a nave deserta da igreja, docemente iluminada pelo Sol, que entrava coado por vitrais amarelos.

Não era possível ver o portão da igreja, mas ela sabia que ali estava jogado um cadáver. Apodrecendo, abandonado numa igreja, sem uma prece, sem uma vela, sem alguém que chorasse por ele...

"Seu Arruda... ah, meu Deus... Por que eles tinham de matá-lo, Seu Arruda?"

Quase um pai para ela, na única vez em que se encontraram. Muito mais que seu próprio pai, de cujo rosto Esmeralda nem mais se lembrava...

Uma lágrima escorreu-lhe pelo rosto.

O silêncio era completo.

O tempo passava, e a imobilidade que Esmeralda se exigia para o cumprimento de seu plano fazia formigarem-lhe as pernas.

Pensou ouvir um barulhinho no alto da torre.

"Deve ser uma pomba, no telhado..."

Os minutos passavam, interminavelmente. Minutos? Pareciam horas...

Ouviu o leve ruído da porta da igreja, abrindo-se.

"Ele vem aí! Ele vem aí!"

Colou-se ainda mais à parede, sem nem tentar uma olhada para a nave.

Não dava para ouvir os passos do negro corcunda. Mas ela sabia que ele estava vindo. Ela *sentia* isso.

Iluminado por trás, o vulto projetava sua enorme sombra pela porta de grades.

"É agora!"

Viu uma mão negra enfiar uma chave na fechadura da porta. Bem azeitada, a fechadura não fez barulho ao abrir-se.

Seu coração disparava. Precisava estar alerta. Se o corcunda entrasse sem olhar para seu lado, talvez houvesse tempo para passar por trás dele e sair correndo.

Pensou que era jovem e muito mais leve que o bandido. Se conseguisse chegar ao vale, talvez o corcunda não pudesse alcançá-la na corrida.

"Tenho uma chance! Tenho uma chance! Tenho uma chance!"

A grade da porta foi empurrada, comprimindo o corpo de Esmeralda.

"Um segundo! Me dê um segundo só, monstro!"

Mas Bicho Preto não olhou para o lado da escada. Sua enorme figura avançou e a carantonha voltou-se para a prisioneira.

Seus olhos se encontraram.

A menina soltou um berro de horror!

– Aaaaah!

O segundo em que se encararam foi o suficiente para Esmeralda fotografar para sempre em sua mente a cara mais horrenda que sua jovem imaginação jamais poderia ter concebido. O que ela vira tinha sido uma máscara deformada, dois olhos enormes,

desalinhados, como se o crânio tivesse sido esmagado de um lado só, espremendo uma das órbitas para baixo e amarfanhando a bochecha, em direção à boca de beiços enormes também caídos de lado.

Os olhos tortos arregalaram-se também e, numa fração de tempo, o corcunda voltou-se, trancou a porta e desapareceu correndo pela nave da igreja.

Esmeralda deixou-se cair de joelhos no chão de pedras.

E chorou. Chorou desconsoladamente como se fosse possível chorar pela própria morte.

09
A GÁRGULA

O medo tinha a carantonha dos seus algozes. Os monstros...

Frolô, a caveira apodrecida, o vampiro cheirando a cadáver... E o Bicho Preto, o monstro negro e deformado! Maior e mais burro que o Pexebôi? Pior. Mais horrendo e assustador do que o próprio Frolô.

Esmeralda não conseguia esquecer o momento em que seus olhos se encontraram com o olhar do Bicho Preto. Não saíam de sua lembrança aqueles olhos esmagados na cara, aqueles beiços tortos, aquele corpo enorme, a corcunda descomunal, as mãos negras...

Enrodilhada no chão, a menina chorou sem consolo, sem parar, soluçando alto, até sentir o próprio medo escoar-se em lágrimas.

Levantou-se, trêmula. Com passos pesados, subiu lentamente as escadas. Voltaria para sua cela. Para o cubículo que, na certa, seria sua última morada.

A menina tinha certeza de que jamais sairia viva daquele lugar.

Não havia por que iludir-se. Ela sabia os nomes e jamais esqueceria as caras de seus sequestradores. Depois que o pai da outra Esmeralda revelasse o erro dos bandidos, ela seria assassinada.

Morta! Como seria a morte na ponta da faca de Frolô? E nas garras do Bicho Preto?

Tremia cada vez que lhe voltava a lembrança do encontro com o monstruoso carcereiro.

"O que o Bicho Preto quer de mim?"

Subia cada degrau como se fosse uma velha de ossos fracos.

"Meu Deus! Estou numa igreja! Uma igreja não devia ser um matadouro de meninas... Meu Deus, por que não estás aqui? Aqui, o teu lugar? Por que não há aqui um anjo de plantão para socorrer os condenados? Para socorrer *a mim*...."

Estava arrasada quando chegou ao quartinho.

Sobre o colchão, cuidadosamente dobrada, estava a camiseta. Lavada. Ao lado, o par de tênis, limpinho, sem nenhum vestígio da lama em que se afundara na noite anterior.

Foi tomada por nova onda de pavor, de um pavor proveniente do misterioso, do inexplicável.

"Ai, como isso veio parar aqui? Eu vi o Bicho Preto correndo pela igreja e fiquei o tempo todo na frente da porta de grades... Como ele entrou aqui? Será que esse monstro voa?"

Lembrou-se de um romance que retirara na biblioteca da escola. Passava-se em Paris, há muito tempo. Descrevia a grande Catedral de Notre-Dame e as esculturas das gárgulas aladas que a cercavam, como demônios servindo de sentinela à mais famosa das mansões de Deus...

Imaginou o monstro negro com asas de morcego na corcunda, pairando sobre o Vale dos Mortos e entrando silenciosamente pelo alto da torre...

"O campanário!"

Sem pensar, correu para a escada em espiral e num segundo venceu o último lance, chegando ao alto da torre.

Nada. Só o sino. Solitário e mudo. E uma pomba, que voou com a entrada de Esmeralda.

O Sol começava a descer, findando o dia.

Lá fora, lá embaixo, só o mesmo deserto amarelo do capinzal e a cabra preta, pastando no meio das pombas de costume.

Sentindo o calor já fraco do Sol nas costas, Esmeralda olhou para a sombra comprida da torre da igreja projetada no terreno.

No fim da sombra, alterando a forma do telhado, recortava-se uma silhueta imensa, um enorme gorila agarrado no alto do campanário!

Totalmente descontrolada, Esmeralda correu para o ponto mais longe que podia, tentando fugir da imagem da gárgula que se tornara real.

Desceu as escadinhas, quase rolando pelos degraus, e jogou-se contra as grades da porta.

— Socorro! Alguém! Me ajudem! Seus gritos ecoaram pela nave vazia da igreja.

De longe, agarrada às grades, não conseguia distinguir a imagem do altar. Que santo seria aquele? Seria Jesus? Seria o Pai?

"Nunca vi uma imagem do Pai... Ninguém faz estátuas de Deus..."

Lembrou-se da imponente imagem do Deus musculoso que vira num livro lindo, que reproduzia as pinturas do teto da Capela Sistina, no Vaticano... Aquele era um Deus forte, capaz de arrebentar as grades da porta, capaz de libertá-la, de salvá-la do Bicho Preto...

Como um náufrago que se agarra a um pedaço de mastro, invocou a salvação. Pediu que viesse Deus, com seu Filho, com toda a sua legião de anjos, com todos os santos de todas as épocas, para derreter aquelas grades e levá-la no colo para longe, salvando-a do demônio negro e alado...

Confundiu-se, como se fosse a Esmeralda certa, uma Esmeralda que tivesse pai, um pai rico... E foi a esse pai impossível que clamou:

– Papai! Pague, papai! Pague tudo o que esses bandidos querem! Me salve, papai!

... papai... papai... pai... pai... ai...

Seu apelo ecoava solitário, batendo-se nas paredes da igreja vazia.

Não havia resposta. O eco se perdia, junto com as esperanças.

– Estou perdida... estou perdida...

Não havia mais lágrimas a chorar.

A menina sentiu um torpor de desistência amolecer-lhe o corpo.

Arrastou-se de volta ao quartinho. Esperaria a morte deitada. Nada mais havia a fazer.

Ao lado do colchão, novamente a bandeja.

– Ah, a gárgula não esquece da última refeição dos condenados à morte...

Um prato cheio, a moringa e a caneca.

Desta vez, havia um garfo e uma faca.

O demônio negro de asas havia atendido ao seu apelo por talheres...

O prato fumegava, repleto com uma montanha de legumes cozidos. Cenouras, ervilhas, beterrabas, cebolas... O cheiro do cozido era quente, inebriante, confortador.

Escurecia. Acendeu a vela.

Lentamente, começou a comer.

Estava tudo tão quentinho...

Estranhamente, justo como se aquela fosse mesmo a última refeição de um condenado à morte, Esmeralda comeu muito, quase raspando o prato.

Tirou o blusão, vestiu a camiseta e o blusão de novo. Deitou-se e adormeceu imediatamente, esquecendo-se de apagar a vela.

10
O CARRASCO REZA ANTES DE MATAR

À frente de uma plateia lotada, acompanhado por um engolidor de fogo que portava uma tocha acesa, um mágico oriental trazia uma caixa cheia de desenhos cabalísticos, em uma das mãos, e facas afiadas, na outra.

Exibiu a caixa aberta, para que Esmeralda examinasse seu interior.

Em seguida, fez aparecer uma pomba branca praticamente do ar e fechou-a dentro da caixa. Ofereceu as facas para Esmeralda e indicou pequenas frestas por onde a menina devia enfiar as facas na caixinha.

Esmeralda obedeceu.

O mágico, com gestos teatrais, começou a retirar as facas.

Com as duas mãos, estendeu novamente a caixa na direção de Esmeralda, convidando-a a abri-la.

A menina puxou a portinha.

Transpassada pelas facas, a pomba era uma massa de sangue dentro da caixa!

Apavorada, recuou a mão e olhou para o mágico.

O homem sorria e revelava a falta dos dentes da frente, exibindo os caninos pontudos!

Frolô!

A seu lado, uma mão grossa, musculosa, agarrava a sua.

Estava de mãos dadas com um negro corcunda, cuja boca torta abria-se numa gargalhada...

– É o Bicho Preto! Socorro!

Gargalhando também, surgiam Centiquatro e Pexebôi.

– Socorro!

Uma espada brilhou na multidão. Era Greg, que surgia para salvá-la! O engolidor de fogo pôs-se à frente dele, e iniciou-se uma estranha luta, em que eram esgrimidas uma espada e uma tocha acesa. As fagulhas voavam em todas as direções, cada vez que um golpe do aço era aparado.

Esmeralda gritava, agarrada pelo monstro negro.

Ao mesmo tempo, os dois combatentes feriram-se. A espada atravessou o peito do engolidor de fogo, aparecendo ensanguentada nas costas. Mas o chuço flamejante também varou o corpo de Greg, molemente, como faca na manteiga.

Nenhum dos dois caiu. Feridos mortalmente, dançavam, gargalhando e espalhando sangue e fogo ao redor.

Nesse momento, o monstro negro agarrava Esmeralda pela cintura e a jogava no chão.

Centiquatro e Pexebôi agarravam seus braços, abertos em cruz. Por cima dela, ameaçadoramente, aproximavam-se Frolô e o gigante corcunda.

A menina gritava, implorava, pedia...

Mas o ataque só se reforçava. Greg, com o chuço em chamas atravessando-lhe o corpo, e o engolidor de fogo, partido em dois pela espada, debruçavam-se também sobre ela.

O monstro negro começou a arrancar-lhe as roupas, rasgando-as com furor e deixando-a nua.

De repente, todos os homens estavam também nus, prontos a violentá-la.

Esmeralda gritava, no meio daquele balé sobrenatural, sentindo hálitos fétidos sobre ela. Os atacantes riam e babavam, de boca aberta. Aquela baba caía sobre seu corpo, encharcava-a, quente, melosa...

– Socorro!

✦ ✦ ✦

Seus olhos arregalaram-se, ainda no pavor do pesadelo, mas o que encontraram foi apenas a luz prateada da Lua, que iluminava o quartinho.

De resto, só o grande silêncio do Vale dos Mortos.

O coração estava aos pulos, depois daquele sono que não servira para descansar.

A vela que ela esquecera acesa já se extinguira.

Na bandeja, tinha surgido uma vela nova.

Mas Esmeralda não a acendeu. A luz forte da Lua bastava.

No prato, ainda suja, estava a faca.

Uma faca!

Era normal, de ponta redonda, mas Esmeralda a empunhou.

"Vou lutar! Não vou morrer sem luta!"

Calçou os tênis limpos e, agarrando a faca apertada junto aos seios, abriu cuidadosamente a porta. Acima, só a luz da Lua, que iluminava o alto da torre. Mas, abaixo, Esmeralda viu uma claridade.

Desceu devagar, pronta a esfaquear o monstro se, de repente, ele surgisse à sua frente.

Sem fazer nenhum barulho, chegou ao pé da escada.

A luz vinha fraca da nave da igreja, pela porta de grades.

Aproximou-se das barras de ferro.

Velas grandes brilhavam dos dois lados do altar.

Ao pé da imagem, ajoelhado e enrodilhado, estava o Bicho Preto. O bandido estava rezando!

Esmeralda lembrou-se do filme sobre a vida trágica de Ana Bolena, cujo carrasco rezava piedosamente antes de brandir o machado que a degolaria.

"Não, você não vai me degolar facilmente, bandido! Você vai ter de lutar!"

Seu plano de resistência estava pronto. Era desesperado, como sua situação, mas nada mais havia a fazer.

Voltou para o quartinho. Agachou-se no pequeno espaço que havia atrás da porta, ao lado das dobradiças.

"Quando você vier trazer o café da manhã, maldito, vai ter de acabar logo com isso!"

Não pensava na diferença de tamanho e violência que a separava do Bicho Preto. Ele pesaria praticamente o dobro dela. Mas, talvez, se ela fosse rápida, aquela faca poderia acertar em algum ponto vital do corpo enorme e...

Talvez...

✦ ✦ ✦

O tempo passava, lento, silencioso.

Quanto tempo dormira? Quanto tempo tinham durado seus pesadelos? Que ponto da madrugada era aquele?

"A manhã virá. Logo a manhã virá..."

Esmeralda não sentia sono. Estava determinada a parar de sofrer.

Repetia para si mesma sua decisão, tentando reforçá-la, impedindo-se de fraquejar.

Distante, um galo cantou. A madrugada chegava ao fim.

"Quando esse demônio traz o café? Logo ao amanhecer?"

Na manhã anterior, ela encontrara o leite ainda quente ao despertar. Não sabia a que horas tinha acordado, mas, daquela vez, a manhã já era plena.

"Ele vai demorar... O desgraçado vai demorar..."

11
MATAR A MENINA?

A luz natural aumentava, entrando pela janelinha aberta do alto do cubículo. Uma pomba pousou na beirada, arrulhou e foi embora.

Um leve ruído veio de fora da porta.

Esmeralda levantou-se. De pé, apertando o punho da faca, estava disposta a qualquer coisa.

A porta abriu-se, ocultando-a do olhar de quem entrava.
"Agora!"

Assim que viu o corcunda ultrapassar a soleira, Esmeralda, com o corpo, empurrou com força a porta e colou-se a ela.

– Ahn?

Sua investida desequilibrara o corcunda. A bandeja caiu no chão, derramando a jarra de leite sobre o colchão.

– Caiu... caiu...

Respirando com dificuldade, Esmeralda gritou com fúria para aquela montanha negra:

– Aqui estou, bandido!

O enorme corcunda negro tinha-se abaixado, recolhendo a caneca, a bandeja e procurando juntar os cacos da jarra.

Voltou-se para a menina. Sua carantonha horrenda estava surpresa. Os olhos arregalavam-se, tentando compreender.

Tomada por uma coragem vinda do desespero, a menina falava duro, com uma energia de que nem suspeitava ser capaz:

— Vamos, monstro! O que quer de mim? Venha! Vamos acabar logo com isso. Mas eu aviso que não vou morrer fácil. Vamos, lute! Você quer me matar? Pois venha. Me mate de uma vez por todas!

Ajoelhado, o corcunda protegia o rosto com os braços levantados. A boca e os olhos arregalaram-se mais ainda, ao ouvir o desafio de Esmeralda:

– Matar a menina? Eu, matar a menina? Nãããão! Querubim não mata! Querubim cuida de menina bonita...

Dessa vez o espanto foi de Esmeralda: encolhendo-se no chão, como se temesse mais as palavras do que a faca inofensiva, o corcunda pôs-se a chorar!

– Não, não! Querubim não mata! Querubim quer bem... Menina bonita... Não... Querubim cuida... Querubim prometeu...

Querubim?! O nome daquele monstro negro era Querubim? O nome de um anjo?!

Esmeralda afastou um pouco o corpo que prendia a porta.

De joelhos, o corcunda enfiou a cabeça nos ombros, abriu a porta e saiu de quatro, atabalhoadamente, soluçando:

– Não... menina bonita... Querubim quer bem... Querubim quer bem!

A faca caiu na laje, tilintando.

Esmeralda desabou de joelhos sobre o leite que embranquecia o chão.

+ + +

A confusão tinha tomado conta dos pensamentos da menina.

"Quem é esse corcunda?"

Sentia-se desarmada pelo comportamento de seu carcereiro aleijado. Parecia muito moço. Esmeralda rememorou aquela expressão, aqueles olhos arregalados, os fortes braços erguidos em defesa, como se aquela menina fraquinha pudesse fazer mal a um gigante como ele... E as lágrimas!

Não, ele não correspondera nem um pouco aos seus temores, aos seus pavores, aos seus desesperos.

Ali, ajoelhado, chorando, parecia mais uma criança do que o monstro estuprador de seu pesadelo.

Uma criança imensa, deformada, feia, mas... mas o quê? Quem era o seu carcereiro?

Ouviu um leve bater na porta, um só toque, leve, tímido.

O corcunda tinha voltado.

Estranhamente, a menina não sentiu medo. Abriu a porta.

Lá estava ele, ocupando quase todo o espaço do estreito patamar que dava para o quarto. Numa das mãos, trazia um escovão e um balde. Na outra, segurava um pano levantado junto ao rosto.

– Ahn... desculpe, menina bonita... Querubim foi mau. Sujou o quarto. Precisa limpar. Limpar, é, limpar...

Ele tapava o rosto. Por quê?

Esmeralda falou, num fio de voz, mas calma:

– Está bem. Pode limpar.

O corcunda hesitava:

– Ahn... menina vai para o campanário... Fica lá, até Querubim arrumar o quarto. Querubim é feio... muito feio... Assusta menina bonita...

A menina bonita obedeceu. Passou pelo corcunda, roçando em seu corpo, sem medo.

Afastou-se e subiu apenas dois degraus.

Querubim entrou no quartinho, sempre ocultando o rosto. Pôs-se de costas para ela e começou a trabalhar febrilmente. Tirou o colchão, enrolou-o e colocou-o fora, no patamar. Jogou água no chão e lavou-o com capricho. Para enxugar tudo, usou o pano de chão com o qual se cobrira.

– Querubim limpa, limpa sujeira... deixa limpinho pra menina bonita... Querubim foi mau. Querubim sujou o quarto de menina bonita...

Quando terminou, mesmo de costas pareceu perceber que Esmeralda estava perto, olhando-o enquanto trabalhava.

Encolheu-se, baixando a cabeça ao máximo, como se pudesse escondê-la dentro dos ombros. Saiu de costas, evitando olhar para Esmeralda. Agarrou o colchão e começou a descer as escadas.

— Querubim vai lavar colchão. Vai botar palha nova. Vai buscar outro leite para a menina. Menina bonita fica na torre. Fica na torre, pra não ver Querubim. Querubim é feio, muito feio...

Desapareceu pela porta de grades.

Esmeralda correu para o campanário. De lá, viu o grande corcunda correndo para o barracão, com o colchão sujo de leite.

Vendo-o de cima, a menina repassou tudo o que recebera de seu guardião.

Lembrou-se do quarto minúsculo, tão limpo, da velha foto e do crucifixo, únicos adereços daquela cela de monge.

"Deve ser o quarto *dele*!"

E o banheirinho, tão bem-arrumado e limpo, com toalha branquinha e tudo? E as refeições tão benfeitas? E o espelhinho aparecido do nada? E sua camiseta e seus tênis lavados?

De que ela tivera medo? Dos favores que tinha recebido daquele jovem deformado? Na verdade, quais as razões que o corcunda tinha dado para que ela tivesse passado todo o tempo em sobressaltos, esperando que ele a atacasse?

De onde vinha o medo? Da feiura do pobre corcunda? Do horrendo Bicho Preto?

"Querubim... Ah! Ele chamou a si mesmo de Querubim..."

Lembrou-se dos anjinhos loiros de bundinha de fora que cercavam as imagens das santas em todas as igrejas. Tinha aprendido que aqueles eram os querubins. Ao passo que o corcunda era... o quê? Um bicho preto?

De onde estava, viu Querubim abrir a costura do colchão e jogar fora a palha que o enchia. Desapareceu no barracão. Logo, voltava com o pano lavado. Estendeu-o em uma corda para secar e desapareceu de novo.

Pela primeira vez, desde que tinha sido trazida para aquela igreja vazia, Esmeralda sentia-se calma.

O corcunda pegava a corda que prendia a cabra preta e levava-a para o barracão. Minutos depois, reaparecia trazendo de novo a bandeja do café da manhã.

12 QUERUBIM

—**V**enha cá. Estou aqui, no campanário.

O corcunda subira as escadas e tinha parado à porta do quartinho.

Ouvindo o chamado de Esmeralda, ficou confuso.

– Nããão... Querubim deixa aqui. Vai embora. Depois, menina bonita vem tomar leite...

– Não, Querubim. Suba aqui, por favor...

O corcunda obedeceu. Tentava subir de lado, procurando esconder o rosto da visão de Esmeralda.

Ainda na escada, depôs a bandeja no chão e virou-se, para descer.

– Não vá embora – pediu Esmeralda. – Venha cá.

Querubim titubeou. Cruzou os braços à frente do rosto e subiu timidamente os últimos degraus.

Era enorme. Mesmo curvado pela giba que lhe deformava as costas, era uns dois palmos maior do que a prisioneira.

Balançava o corpo levemente, sem saber o que fazer.

– Menina bonita quer mais alguma coisa? Querubim vai buscar...

67

Esmeralda sorriu. Não sentia nem uma ponta de medo. Por que não sentia mais medo? Não poderia explicar.

– Não quero mais nada. Sente-se comigo.

O gigante balançou-se mais.

– Nããão... Querubim assusta menina bonita...

– Não estou assustada. E meu nome não é "Menina Bonita". Eu me chamo Esmeralda.

– Esmeraaaalda...

– Sente-se, por favor.

O corcunda abaixou-se, sentando na plataforma, meio de lado, com as pernas nos degraus. Continuava tapando o rosto.

– Faça companhia para mim – continuou Esmeralda, falando suavemente, como se aquele jovem fosse uma criança assustada.

– Querubim fica aqui, quieto... Menina pediu...

– "Menina", não. Me chame de Esmeralda. Vamos, diga: Esmeralda.

– Esmeraaaalda...

Por sobre seus braços, a menina via apenas o olho mais alto, o que não estava na metade esmagada do rosto. Era um olho escuro, brilhante, fixo nela.

O corcunda trouxera uma nova jarra. Esmeralda encheu a caneca de leite e bebeu, em fartos goles. Encheu-a de novo e estendeu-a para o corcunda, oferecendo também um dos dois pãezinhos que tinham vindo na bandeja.

– Vamos! Coma junto comigo.

O corcunda começou a tirar os braços da frente do rosto, para aceitar a oferta. Mas arrependeu-se e tapou-se todo novamente.

– Cara de Querubim é feia, muito feia... assusta menina Esmeralda...

A menina tentava acalmá-lo:

– Nada disso, Querubim. Eu não estou assustada com você. Não tenha medo, vamos. Aceite!

Sorriu por dentro. Estava pedindo que o corcunda não tivesse medo dela! Dela, que vivera um pesadelo de sustos com aquele gigante até momentos atrás!

– Cara feia... cara assusta...

– Não assusta. Estou pedindo, Querubim.

O corcunda tentou de novo enfiar a cabeça dentro dos ombros, como se fosse uma tartaruga. Pegou a caneca e o pão.

– Vamos, beba. Está quentinho e gostoso.

Esmeralda olhava com tranquilidade para o corcunda. Ele era jovem, muito jovem. Talvez não fosse nem dois anos mais velho do que ela. Certamente era mais moço do que Greg.

A carantonha sorriu docemente com o elogio que a menina fizera sobre o leite que ele tirara da cabrita e tinha açucarado para ela. O elogio apagou sua última resistência. Levou a caneca aos lábios, sorvendo o leite aos golinhos.

– Menina Esmeralda gostou do leite? É da cabra. Querubim cuida da cabrita preta. Dá bom leite, leite gostoso, da cabrita preta... Querubim cuida. Padre Francisco deixou cabrita para Querubim. É preta como eu. É minha amiga...

Esmeralda mordiscava o pãozinho. Sequestrada no lugar de outra, ela deveria estar em pânico. Mas, naquele momento, não havia pânico em seu espírito.

Estranho... Mais estranho ainda porque não conseguia compreender o que a presença daquele moço tão feio provocava nela. Tivera medo de sua sombra. Agora, o que sentia? O que lhe causava a fala pura e entrecortada do jovem? Ternura, talvez?

– Seu nome é Querubim? Lindo nome. Quem lhe deu esse nome, Querubim?

O jovem corcunda também tirava pequenos bocados do pãozinho.

– Foi padre Francisco. Padre Francisco cuidou de Querubim... Deu nome. É nome de anjo, sabia?

Um padre! Aquela igreja tinha um padre! Uma onda de esperança invadiu a menina. Se havia um padre, se o padre aparecesse, ela poderia salvar-se!

– Padre Francisco? O padre desta igreja? Onde está ele, Querubim?

Os olhos do corcunda baixaram-se, tristes.

– Morreu... Padre Francisco morreu... Deixou Querubim sozinho... Querubim enterrou padre Francisco. Lá, no terreiro...

– Mas os bandidos disseram que o padre desta igreja foi embora...
– Não foi embora. O povo daqui foi embora. Veio ordem pra padre Francisco ir pra outra paróquia, mas ele quis ficar. Dizia que o povo ia voltar. Rezava missa todo dia... Só pra Querubim...

A onda de esperança foi embora, como se a brisa da manhã de inverno a levasse. Não havia padre. Não havia ninguém que a salvasse.

Padre Francisco. O velho padre da foto, no quartinho, e da cova florida, no terreiro. Imaginou como seria aquele padre. Teimoso, permanecendo naquela igreja abandonada pelo povo, à espera da volta de seus fiéis, rezando missas solitárias somente para um menino corcunda e deformado...

– Você mora aqui, Querubim? Mora nesta igreja? Desde quando?

O jovem balançou a cabeça, como se embalasse suas lembranças.

– Desde sempre. Querubim sempre morou na igreja. Cresceu aqui. Ajudou padre Francisco. Cuidou da igreja, desde pequeno. Tocava o sino... Ah, agora não toca mais! Depois que padre Francisco morreu, Querubim não tocou mais o sino...

Sua expressão era desolada, de uma saudade imensa, da saudade da única pessoa no mundo que já fora boa para ele.

– Deixaram bebê preto na igreja. Padre Francisco cuidou. Alimentou Querubim com leite de cabra. Outra cabra. Cabra que deu essa cabrita. Cabra que já morreu de velha...

Abandonado na igreja! Querubim tinha sido deixado ainda bebê naquela igreja. Seu pai e sua mãe tinham sido um velho padre, agora já enterrado no Vale dos Mortos!

– Oh, Querubim... Quer dizer que sua mãe deixou você com o padre?

71

— Mãe? Querubim não tem mãe... Padre Francisco disse que nascimento de Querubim deve ter sido ruim. Ferro amassou cabeça de Querubim, amassou espinha... Querubim ficou burro... Ah, ah! Querubim ficou burro como um burro!

Ria-se, como se tivesse contado a piada mais engraçada do mundo. Ria-se da própria desgraça.

Esmeralda imaginou os ferros de um fórceps mal manejado, forçando o nascimento daquele menino, esmagando o crânio, deformando a coluna vertebral... Pobre menino! Como seria ele, se tivesse nascido numa maternidade decente? Como seria aquele jovem tão grande?

Olhou fixamente para o rosto do rapaz. A pele era lisa, esticada. Os olhos eram grandes, intensos. Os dentes eram brancos, sadios. O corpo era forte e musculoso...

Como seria Querubim se não tivesse sido gerado na desgraça, se não fosse fruto da miséria e do abandono? Um jovem alto, bonito...

"Meu Deus! Querubim é bonito!"

UM ENTERRO NO VALE DOS MORTOS

Esmeralda já olhava para Querubim sem pensar em suas deformidades.

E o jovem corcunda estava feliz. Aos poucos, parecia também ter esquecido os próprios aleijões. Só se lembrou deles ao informar que tinha procurado um espelho nos guardados do falecido padre, para atender ao pedido de Esmeralda. Não gostava de espelhos. Evitava ver a própria cara.

Trouxe o almoço, dessa vez um peixe que ele mesmo pescara no riacho que atravessava o vale.

Sentada no piso do campanário, junto com o corcunda, Esmeralda comeu com gosto, exigindo que o jovem almoçasse com ela.

Tinha percebido que Querubim era um coelhinho assustado. Sabia que conquistara sua simpatia e precisava conseguir que ele a deixasse fugir. Mas era preciso envolvê-lo para conquistar a liberdade.

Um pássaro pequeno pousou no alto do telhadinho do campanário, cantando para atrair sua fêmea.

Querubim riu-se e assobiou, imitando perfeitamente o canto do pássaro.

— É o tuim. Canta bonito!
— Você gosta de pássaros, Querubim?

73

– Ah, gosto muito. Desde pequenininho. Passarinho não foge de Querubim, como os meninos da vila. Não joga pedras em Querubim, como os meninos. Padre Francisco também gostava de passarinho. Uma vez, Querubim fez uma gaiola pra pegar passum-preto e dar de presente pra padre. Passum-preto canta muito. Muito bonito. Mas padre disse que passarinhos são mais felizes livres, voando para onde querem. Pediu para Querubim soltar pássaro e destruir gaiola...

Esmeralda aproveitou a deixa:

– Padre Francisco tinha razão, Querubim. Então, por que você me mantém presa aqui na torre?

O corcunda abriu a boca, surpreso, arregalando os olhos:

– Menina Esmeralda presa? Nããão... Querubim não prende menina Esmeralda. Querubim cuida. Bonita, menina Esmeralda. Não trata mal Querubim. É tão boa como os passarinhos...

– Então me solte, Querubim! Deixe que eu vá embora!

O corcunda pôs-se de pé, assustado.

– Nãããão... Frolô disse que menina Esmeralda tem de ficar na igreja. Disse pra Querubim proteger menina Esmeralda... Se menina for embora, Querubim não pode proteger menina... Frolô disse...

Esmeralda levantou-se, vermelha. O nome do bandido fez com que perdesse a cabeça e enfrentasse o gigante corcunda com fúria:

– Frolô! Esse é um demônio, Querubim! Ele é mau! Ele me sequestrou!

O jovem corcunda voltou a balançar-se, demonstrando sua confusão:

– Ele fez isso? O que é isso?

– Ele me raptou! Você sabe o que é raptar?

– Ra... ratar...

– Ele fez como você fez com o pássaro preto, Querubim. Me roubou, para prender numa gaiola! Ele pensa que eu sou uma menina rica. Ele quer dinheiro pela minha vida!

– Dinheiro? Dinheiro compra menina?

As palavras de Esmeralda eram muito novas para o jovem corcunda. Confuso, sem entender o que estava acontecendo, recuou para a escada.

– Frolô vai me matar, Querubim! Como eu vi a cara dele, depois que descobrir que pegou a menina errada, ele vai me matar!

Agarrando-se às paredes, o corcunda começou a descer as escadas de costas.

– Frolô não mata... Frolô é amigo de Querubim... Frolô disse que é amigo de Querubim. Frolô trouxe doces pra Querubim...

– Ele é mau, Querubim! Será que você não entende?

Lágrimas corriam pelo rosto negro do jovem. Não conseguia entender o que ouvia, não conseguia entender a explosão da prisioneira.

– Menina Esmeralda grita com Querubim... Menina Esmeralda está zangada com Querubim... Por quê? Querubim fez coisa errada... Que coisa errada fez Querubim pra menina Esmeralda?

Ele virou-se e desceu as escadas, correndo.

Esmeralda debruçou-se no parapeito do campanário, e logo viu o jovem corcunda correndo em direção ao capinzal.

– Querubim, volte!

O rapaz sumia, sem atender ao chamado.

– Pelo menos enterre o Seu Arruda! Por favor, pelo menos enterre o homem que está morto na igreja!

Querubim desapareceu no capinzal.

✢ ✢ ✢

Durante toda a tarde, Esmeralda só ouviu o som dos próprios soluços, acompanhados vez por outra pelos arrulhos das pombas.

Isolada no campanário, a menina esquadrinhava cada trecho do vale deserto. Em vários momentos, pensou ver vultos escondidos no capinzal.

"Deve ser Querubim... Ai, por que eu fui gritar com ele? Minha última esperança..."

Não desistia de procurar. O vulto que pensava entrever surgia em diferentes pontos do capinzal, como se o corcunda se multiplicasse em muitos, formando um círculo em torno da igreja.

"Deve ser o vento..."

O céu de inverno estava limpo de nuvens. O Sol começou a ir embora, colorindo a linha do horizonte.

Do barracão, Esmeralda viu sair o vulto imenso do corcunda.

Corria agilmente de volta à igreja.

"Ele voltou!"

Esmeralda desceu as escadas, quase despencando de tanta ansiedade.

Colou-se às grades e viu Querubim surgir na nave deserta.

– Querubim! Venha cá!

O corcunda não respondeu. Abaixou-se, perto da porta principal.

Logo se ergueu. Nos ombros, carregava o fardo que um dia fora o velho Arruda.

A menina subiu novamente para o campanário.

O corcunda corria com o cadáver às costas. Parou ao lado da cruz.

Querubim cavava febrilmente. Em pouco tempo, abriu uma cova tão funda que seu corpo gigante, trabalhando, quase desaparecia dentro do buraco.

Saiu, pegou o cadáver no colo e desceu-o à cova.

Repôs a terra até formar um montículo. Quebrou um sarrafo de madeira no joelho e amarrou as duas partes, construindo uma cruz.

Fincou-a no alto da cova.

Parou um momento, examinando o trabalho.

Em seguida, ajoelhou-se e ficou encolhido, de mãos postas.

Querubim fazia a prece dos mortos para o motorista assassinado...

– Obrigada, Querubim!

O grito de Esmeralda fez com que o corcunda se levantasse repentinamente e olhasse para a torre. Fez de novo o movimento da tartaruga, tentando esconder a cabeça dentro do tronco, e saiu correndo como uma flecha.
Em segundos, desapareceu ao longe.
Querubim tinha ido embora.
Esmeralda estava só.

14

FROLÔ

O dia já era apenas um fio vermelho no horizonte. Com o aproximar da noite, uma brisa gelada fazia dançar o capinzal.

Na estradinha de terra que se perdia ao longe, a menina viu uma nuvem de poeira que se aproximava velozmente da igreja.

Antes que pudesse distinguir a marca do carro, Esmeralda adivinhou:

"Frolô!"

A van chegou, sacudindo-se na buraqueira do terreno, e freou de soco, ao lado da igreja.

Do alto do campanário, a menina viu os três bandidos saltando para fora do carro e sumindo pela porta principal.

O pavor entrou pelo corpo de Esmeralda. Seus dentes entrebatiam-se, como se ela tivesse saído de um banho gelado.

Ouviu a porta de grades ser aberta e passos apressados subindo os degraus.

"Tudo terminou...
Eles vêm pra me matar!
Me ajude, meu Deus!"

A bandeja do almoço de peixe ainda estava no chão. Pegou a faquinha de ponta redonda e recuou, apoiando-se na pilastra mais distante da entrada do campanário.

Ouviu a porta do quartinho sendo aberta.

– Cadê a maldita garota?

Os passos voltaram a subir.

Frolô despontou na escada. Sua caveira sinistra estava vermelha de ódio.

– Ah, você está aí, riquinha?

Tremendo, Esmeralda estendeu o braço para a frente, apontando a faca.

– Uma faca? Ah, ah! Você está me ameaçando com essa faquinha aí?

O bandido começou a voltear a menina lentamente.

– Talvez você goste de saber como foram nossas negociações com o seu papai, não é, menina rica? Puxa, eu não sabia que seu papai era tão pão-duro! É... parece que a gente não conseguiu chegar num acordo... Veio até com uma história de que você continua lá, quietinha, do lado dele. Parece que a sua pelezinha não tem tanto valor assim para o seu papai...

A menina nada dizia, girando o corpo e acompanhando o voltear de Frolô.

– Pois é... acho que o jeito vai ser ajudar seu papai a se convencer de que o famoso Floriano não está brincando. Sabe? Meu bom humor acabou... Seu papai é muito teimoso. Recebeu a orelha do seu motorista e nem agradeceu! Vai ver, ele queria receber outra orelhinha... Uma orelhinha sua, com brinquinho e tudo!

Antes que Esmeralda pudesse esboçar um gesto, Frolô saltou para a frente, com o bote de um gato, e agarrou o braço da menina, torcendo-o e fazendo cair a faquinha inútil.

Num relance, sua própria faca estava encostada no pescoço de Esmeralda.

– Ah, ah! Qual orelha você quer mandar para o papai, beleza? A direita ou a esquerda?

Desesperada, Esmeralda cotovelou o estômago do bandido com toda a força de que era capaz.

Com um *uf*, Frolô soltou-a.

Mas não era possível fugir. O bandido estava de costas para a saída da torre.

E avançava, esfregando a barriga doída.

– Vem cá, menininha valente...

Recuando, Esmeralda sentiu a grossa corda do sino às costas. Agarrou-se a ela, dependurando-se.

Amarrada à canga do sino, a corda baixou com o peso da menina. E o grande sino, mudo há tantos anos, ecoou sua voz pesada por todo o vale.

O peso da canga do sino forçou o conjunto de volta, levantando Esmeralda do chão. Com as pernas no ar, a menina chutou às cegas, com desespero.

Seus tênis bateram em cheio no peito de Frolô, ao mesmo tempo que o badalo encontrava de novo o bronze e reboava mais forte ainda que da primeira vez.

– Maldita! – blasfemou o bandido, caindo para trás.

A menina pulou por cima dele e correu para as escadinhas.

Descia freneticamente, enquanto o sino continuava a badalar, diminuindo o som a cada volta do badalo.

Frolô descia atrás, berrando:

– Pexebôi! Centiquatro! A desgraçadinha está fugindo!

Esmeralda chegou à porta de grades, deixada aberta por Frolô.

Saiu para a nave da igreja, mas os dois capangas cortaram-lhe a passagem, avançando em sua direção.

A menina virou para a direita e correu para a única direção deixada livre pelo avançar de Pexebôi e Centiquatro. O altar.

Aquele era o fundo da igreja, sem portas laterais, sem canto algum onde ela pudesse proteger-se.

Chegou à mesa do altar e voltou-se. No mesmo instante, os dois bandidos já a tinham alcançado. Agarraram-na brutalmente pelos braços.

Surgindo da porta gradeada, aparecia Frolô.

– Segurem essa miserável! Vou dar um presentinho pra ela!

Frolô veio caminhando pela igreja, sem pressa. Enquanto caminhava, sorria cínico, exibindo os caninos e acariciando-se entre as pernas.

– Cuidado com ela. A riquinha gosta de chutar!

A perna gorda de Pexebôi entrelaçou-se sobre as pernas da menina, imobilizando-a ainda mais.

Já era pouca a luz do dia que entrava pelos vitrais amarelos. E Esmeralda via apenas a silhueta do bandido, aproximando-se do altar.

Com os dedos em garra, Frolô golpeou-a, estourando o zíper do blusão e rasgando-lhe a camiseta. As unhas imundas arranharam-lhe os seios.

– Hum... está uma mocinha, a nossa hóspede...

Esmeralda não conseguia soltar um único gemido.

– Pro chão! – ordenou o bandido.

Os dois comparsas facilmente conseguiram estendê-la, à frente do altar, arrancando-lhe o blusão e a camiseta rasgada.

Voltando a cabeça para trás, num esforço para resistir, Esmeralda via a imagem que encimava o altar. Que santo seria aquele? Não deveria ser o protetor dos sequestrados...

Frolô continuava a acariciar-se. Ajoelhou-se à frente da menina, entre as pernas dela, abrindo-as.

Com as duas mãos, agarrou a calça de Esmeralda na altura do botão e puxou. O *jeans* abriu-se, rasgado.

Frolô continuou rasgando, e as coxas da menina ficavam lanhadas a cada esforço do bandido para despi-la.

Seu pesadelo transformara-se em realidade...

O homem debruçava-se sobre ela e Esmeralda debatia-se, procurando defender-se instintivamente. Seus joelhos chocaram-se com o quadril de Frolô.

Com uma praga, Frolô levantou a mão e socou-a violentamente.

Tudo começou a girar dentro da cabeça de Esmeralda.

Ajoelhado, Frolô deteve-se um momento, apreciando a presa dominada. Arregaçou-se numa risada de dominador e seu hálito de cadáver chegou ao rosto da menina.

Calmamente, levou as mãos à braguilha...

No meio da dor e da tontura, Esmeralda pensou notar que, atrás do bandido, a luz diminuía ainda mais.

Uma sombra gigantesca tapava tudo.

O bandido foi arrancado de cima da menina. Caiu entre as duas fileiras de bancos da igreja.

Arregalava-se com aquele ataque de surpresa, tão arrasador, e procurava fugir de joelhos, como se fosse uma aranha que tivesse sido afastada com um peteleco.

– Querubim! – murmurou Esmeralda, quase inconsciente.

O gigante negro atacava com fúria. As duas mãos fortes agarraram os bandidos restantes. Centiquatro caiu de lado, meio sufocado, no primeiro embate. Mas Pexebôi era mais forte.

Querubim recebeu dois socos em cheio no rosto, mas nem pareceu sentir. Envolveu o bandido num abraço sufocante.

Esmeralda ouviu um *tléc*, enquanto a espinha de Pexebôi era partida e o homem caía, com o tronco estranhamente dobrado, como se tivesse duas cinturas.

O gigante corcunda abaixou-se e pegou a menina nos braços.

Voltou-se, procurando o caminho da fuga.

Mas, à frente, estava Frolô, de pé, com um revólver apontado.

– Maldito Bicho Preto! Você vai morrer!

A rapidez e a agilidade do corcunda eram surpreendentes. Girou o corpo e correu, carregando a menina seminua em direção à porta de grades.

O revólver iluminou a igreja com seu clarão e o estampido ecoou pelas paredes altas. Já atravessando a porta de grades, Querubim recebeu a bala nas costas, abaixo da corcunda. Não parou um segundo, porém.

– Maldito! Volte aqui!

Frolô correu para a porta de entrada da torre, perseguindo o corcunda, que desaparecia subindo as escadas.

Como se tudo fosse um pesadelo, o que Esmeralda conseguia perceber eram apenas alguns trechos de tudo o que estava acontecendo.

Querubim chegou à plataforma do campanário e debruçou o corpinho quase nu de Esmeralda na amurada. Passou uma perna para fora.

Mas Frolô despontava no alto da escada, apontando o revólver.

O corcunda atirou-se em direção ao bandido, abafando o clarão do segundo tiro com o peito.

O revólver foi arrancado de Frolô com um ruído de ossos quebrados.

Querubim levantou o corpo magro do assassino acima da cabeça e jogou-o pela amurada.

– Ahhhhhh!

Frolô desabou no terreiro, como um saco de ossos.

Querubim correu de volta para Esmeralda, envolvendo-a pela cintura. Tinha duas balas no corpo, mas parecia nada sentir. O sangue do jovem brotava da camisa.

Da escada, outro estampido anunciava que Centiquatro estava recuperado, perseguindo os fugitivos.

Uma outra bala ricocheteou no sino, arrancando um ruído bonito. Centiquatro estava entrincheirado na escada, impedindo completamente a fuga de Querubim.

Ainda estonteada, Esmeralda entendeu naquele momento como tantas coisas apareciam em seu quartinho mesmo com a porta de grades fechada: Querubim, carregando-a no ombro, passava as pernas pela amurada do campanário, começando a descer pelas paredes da torre, agarrado em saliências que ele conhecia tão bem.

Esmeralda sentia o sangue pegajoso colar-se em seu corpo nu. Querubim arfava, respirando forte.

Chegou ao terreiro que cercava a igreja.

Nesse momento, holofotes foram acesos no meio do capinzal, iluminando a igreja.

No centro da luz, Querubim titubeou, com a menina nos braços.

Uma voz vinha ampliada por um megafone:

– Parado aí! Solte a menina! É a polícia! Você está cercado!

Como se fugisse das tropas de Herodes carregando seu bebê no colo, Querubim correu para o capinzal, em passos largos, mas pesados e cambaleantes.

Com a luz a ofuscá-la, Esmeralda recobrava aos poucos a consciência.

A voz berrava pelo megafone:

– Pare, bandido! É a polícia!

Outra voz chegou aos seus ouvidos:

– Esmeralda! Sou eu: Greg!

"Greg! A polícia! Tudo terminou! Estou salva!"

Estava abraçada ao peito do jovem Querubim. Recuperou a fala e pediu:

– Querubim! Acabou! Está tudo bem. Pode me pôr no chão!

Tiros ecoaram dentro da igreja. Centiquatro deveria estar fora de combate.

O corcunda parou de correr. Confuso, olhou para o rosto lindo e machucado de Esmeralda, tão próximo dele.

Balançou o corpo, como fazia sempre que estava confuso.

– Acabou, Querubim! Você ouviu o sino. Você me salvou!

Com cuidado, o jovem corcunda abaixou-se, colocando ternamente a menina deitada no capinzal.

E levantou-se, mostrando a figura imensa iluminada pelos holofotes.

No mesmo instante, uma fuzilaria ensurdecedora desabou sobre ele.

Crivado de balas, o gigante foi caindo lentamente, de joelhos, sem tirar os olhos do rosto da menina.

– Esmeraaaaalda...

Suavemente, estendeu-se no chão.

Aterrada, a menina jogou-se sobre ele, abraçando-o.

– Querubim! Não!

Ouvia o ruído de muitos homens, que se aproximavam sofregamente.

Sustentou aquela cabeça grande contra os seios nus, manchados pelo sangue de Querubim. E olhou na direção das luzes.

A silhueta de um jovem corria para ela. Greg...

– Esmeralda!

Greg ajoelhava-se no capinzal, abraçando-a.

– Querida... acabou, acabou...

Outros vultos aproximavam-se.

Os olhos de Esmeralda não tinham se abaixado. Brilhavam, vermelhos, furiosos...

– Parem! Não cheguem perto! Vocês mataram Querubim!

Um silêncio de morte seguiu-se à voz desesperada da menina.

Homens armados formavam um círculo mudo, atônito, cercando os três jovens abraçados.

– Querubim, Querubim...

Esmeralda balançava o corpo, como se ninasse aquele menino grande, aquele gigante corcunda, que tinha dado a vida em troca da sua.

Os fachos dos holofotes iluminavam a escuridão da noite.

As lágrimas de Esmeralda lavavam o rosto de Querubim.

Serenamente, o corcunda parecia dormir.

O AUTOR E SUA OBRA

Meu nome é Pedro Bandeira. Nasci em Santos em 1942 e mudei-me para São Paulo em 1961. Cursei Ciências Sociais e desenvolvi diversas atividades, do teatro à publicidade e ao jornalismo. A partir de 1972 comecei a publicar pequenas histórias para crianças em publicações de banca até, desde 1983, dedicar-me totalmente à literatura para crianças e adolescentes. Sou casado, tenho três filhos e uma porção de netinhos.

O medo e a ternura é a recriação do livro *Notre-Dame de Paris* (Nossa Senhora de Paris), que o francês Victor Hugo escreveu em 1831. Nesse romance destaca-se a figura de Quasímodo, um sineiro corcunda, feio, surdo e apaixonado pela cigana Esmeralda. No meu livro, procurei aprofundar a discussão sobre o que sempre nos foi imposto como padrões para a beleza e para feiura, quase como se isso tivesse alguma coisa a ver com o conflito entre o Bem e o Mal. Essa imposta aversão ao "feio" e o culto aos padrões de beleza que nos são impingidos como "certezas absolutas" são preocupações literárias tão antigas que aparecem até em clássicos dos contos de fadas, como *A bela e a fera*. Outras vezes eu abordei esse tema, como em *A marca de uma lágrima* e *O fantástico mistério de Feiurinha*. Em *O medo e a ternura*, na certa você vai concordar comigo e achar que Querubim, o jovem aleijado e com a face esmagada por um parto malfeito, é o personagem mais bonito deste livro...

Para conhecer melhor o Pedro Bandeira, acesse o *site*:
www.bibliotecapedrobandeira.com.br